I0609377

بسم الله الرحمن الرحیم

# روزی که بیدار شدم

## دکتر آزاده نعمتی

| | | |
|---|---|---|
| سرشناسه | : | نعمتی، آزاده، ۱۳۵۴ - |
| عنوان و نام پدیدآور | : | روزی که بیدار شدم / آزاده نعمتی. |
| مشخصات نشر | : | شیراز : صبح انتظار، ۱۳۹۴. |
| مشخصات ظاهری | : | ۸۰ ص. ۱۳×۱۳ |
| شابک | : | ۹۷۸-۶۰۰-۷۶۸۵-۱۷-۴ |
| وضعیت فهرست نویسی | : | فیپا |
| موضوع | : | نعمتی، آزاده، ۱۳۵۴،سرگذشتنامه-سرطان، بیماران، سرگذشتنامه-سرطان، بیماران، آثار و نوشته‌ها |
| رده بندی کنگره | : | RC۲۶۵/۶/ن۷آ۳ ۱۳۹۴ |
| رده بندی دیویی | : | ۶۱۶/۹۹۴۰۰۹۲ |
| شماره کتابشناسی ملی | : | ۳۸۹۰۰۷۷ |

**عنوان و نام پدیدآور:** روزی که بیدار شدم/ آزاده نعمتی

**طراح جلد و صفحه آرا:** عظیمه زارع

**ویراستار:** مریم زارعی

**تیراژ:** ۱۰۰۰

**نوبت چاپ: دوم**

**قیمت:** ۸۰۰۰۰ ریال

**لیتوگرافی، چاپ و صحافی:** دیجیتال مهر

**ارتباط با ناشر:** ۰۹۳۶۳۲۳۵۰۰۲ etsobhan@yahoo.com

**ارتباط با نویسنده:** ۰۹۳۷۸۰۸۲۵۰۶ www.banarvan.com

تقدیم به همه‌ی کسانی که تا آخر خط با من ماندند

اینجا آخر خط، شروعی دوباره بود

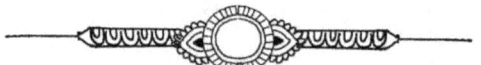

# مقدمه

## روزی که بیدار شدم

**و** وقتی زندگی از روال عادی خود خارج شد و من بیمار شدم، تازه از خواب زندگی بیدار شدم و مفهوم زندگی را دریافتم. با آنکه نه پرتوقع بودم و نه مغرور. زمانی که نعمت‌های خداوند کاسته شد، دوباره شروع به ستایش نعمت‌های بی‌پایان او کردم. در اوج بیماری، هرگز فکر نمی‌کردم که بهتر شوم؛ اما مشیت الهی آن بود که زنده بمانم و درمان ادامه دارد.

از تکرار روزهای رفته می‌ترسم و حتی مایل نیستم برای ویراستاری کتاب، دوباره وقایع آن روزها را بخوانم. من ادعای قهرمانی ندارم؛ چرا که اگر لطف خداوند نباشد، همه‌ی ما هیچ هستیم ؛ اما امیدوارم.

استاد و همکار عزیزم، دکتر ثابت، طی تماس‌های تلفنی مرا

تشویق کرد تا ماجرای روزهای تلخ گذشته را منتشر کنم.
دیگر دوستان نیز موافق بودند. هدف اصلی این کتاب انگیزه
دادن به بیماران است. به علاوه در آن روزهای سخت، کتاب
سنگی بر گوری نوشته‌ی جلال آل احمد را خواندم که شاید
این کتاب مشابه آن باشد. کتابی که شرح حال روزهای
گذشته و تنها برداشت من از آن شرایط است. نه به شرح
بیماری سرطان پرداختم و نه به دنبال دلایل آن گشتم و نه
راه درمان آن را نوشتم.

اگر شما مانند من یک مبارز هستید یا بوده‌اید که حال مرا
درک می‌کنید؛ ولی اگر فقط خواننده‌ی این کتاب هستید،
آرزو دارم که هیچگاه حال ما مبارزان را تجربه نکنید.

## روزی که بیدار شدم

حالا مطمئن‌تر هستم که دنیا چیزی ماوراء این سطح عادی است که می‌بینیم، یا بعضی از ما حتی آن را هم نمی بیند. لایه‌های زندگی آن‌قدر زیادند که باید رنج دیده باشی تا ببینی و در خواب زندگی واقعیتها را لمس کنی .

قضاوت در مورد چگونگی کتاب با شما خواننده‌ی عزیز است. دوست دارم مطالب و درآمد حاصل از فروش این کتاب را به نفع بیماران سرطانی هزینه کنم.

خداوندا به تمامی بیماران لباس عافیت بپوشان و بستر بیماری را از آنان بگیر.

آمین!
بهار ۹۴

# تشکر و قدردانی

## روزی که بیدار شدم

من معتقدم به امتحان. بسیار امتحان داده‌ام و بسیار امتحان گرفته‌ام؛ اما این بار یک امتحان الهی بود و باز معتقدم اگر از من به طور مستقیم امتحانی گرفته شد، از اطرافیانم امتحان غیرمستقیم به عمل آمد.

در دوران بیماری افراد زیادی، خواسته یا ناخواسته به یاری‌ام شتافتند. از خانواده و دوستانم، از کسانی که توقع داشتم حمایت شدم، حتی از کسانی هم که توقع نداشتم محبت دیدم. بنابراین برخود لازم می‌دانم که از همه‌ی آنها تشکر کنم. تمامی افراد و اسامی نامبرده در کتاب حقیقی هستند که من فقط نام کوچک آنها را ذکر کرده‌ام.

## تشکر و قدردانی

اول از خدا سپاسگزارم، بعد از آقای دکتر امرالهی به خاطر تشخیص به موقع، آقای دکتر طالعی به خاطر جراحی ماهرانه، آقای دکتر رمزی و آقای دکتر حامدی به خاطر برنامه‌ی شیمی‌درمانی و پرتودرمانی دقیق و همچنین به خاطر صبر و شکیبایی آنها سپاسگزارم.

از پرسنل و پرستاران محترم بیمارستان نمازی و مطهری، به خصوص سرکار خانم عبدالرضاپور که به بخش دلگیر شیمی‌درمانی گرمی می‌دهد کمال تشکر را دارم.

از روسای محترم دانشگاه آزاد اسلامی واحد جهرم و شیراز آقای دکتر بهروزنام و دکتر ساروئی، و نیز آقای دکتر باقری به خاطر ایجاد شرایط کاری مناسب‌تر و هیئت مدیره، کارکنان و

## روزی که بیدار شدم

کارمندان به خصوص اساتید دانشگاه آزاد اسلامی واحد جهرم و همکاران عزیزم که به هر نحوی باعث دلگرمی من شدند، با تک تک سلول‌های وجودم تشکر می‌کنم. چون دستم درد می کند  فرنگیس، رخشان و پریسای عزیز هنوز هم برایم غذای خوشمزه تهیه می کنند بی هیچ منتی و چشم داشتی.

و در طی مسیر از همسرم دکتر فلاحتی نامی نبردم چرا که او را لحظه ای از خود جدا ندیدم. آن مرد ، مرد همراهم ساعتها در اینترنت جست و جو می کرد و سایت های معتبر بین المللی در رابطه با این بیماری را مطالعه می کرد تا مرهم دردهای مرا بیابد. هم مرد خانه بود و هم زن خانه. دردهایم با

او تقسیم می شد و گاه سهم او بیشتر بود. و نمی دانم مریضی سخت تر بود یا مریض داری!

شاید نتوانم از خاله ها و عمه عزیزم، دایی بزرگوارم، خانواده و فامیل که مثل سایه، پای به پای من و حتی جلوتر دویدند تشکر کنم؛ شاید نام برخی از قلم افتاده باشد اما عقیده دارم همه‌ی اطرافیان من از این امتحان سربلند و پیروز بیرون آمدند.

خدا کند من هم امتحانم را خوب داده باشم. به نمره‌ی قبولی بسنده نمی‌کنم، دوست دارم نمره اول این امتحان باشم.

# فصل اول: پاییز

## روزی که بیدار شدم

تــ تازه سی و هشت سالم شده بود. تازه فهمیدم که چیزی از دنیا نفهمیدم. مثل برق اتفاق افتاد، اصلا باور کردنی نبود، قرار بود چیزهای زیادی از من گرفته شود مانند زیبایی‌ام، موهای بلندم، شغلم، زندگی‌ام، خانواده‌ام. در یک لحظه تمام چیزهای خوب باید می‌رفت و جایش را درد و رنج و عذاب پر می‌کرد. با خودم می‌گفتم این حق من نبود؛ اما حق را چه کسی تعیین می‌کند؟

به گذشته فکر کردم، دنبال چیزی می‌گشتم که به خاطر آن باید تاوان می‌دادم. به کسی بدی نکرده بودم، مال کسی را نخورده بودم؛ چون چیزی دستم نبود، کاری به کار کسی نداشتم. تمام عمرم سرم به کار خودم بود.

## فصل اول: پاییز

در مورد سرطان زیاد شنیده بودم، مادرم را دیده بودم که چطور مثل شمع آب شده بود و من کاری نکرده بودم. حساس شده بودم، مردم را نگاه می‌کردم، آیا تمام آنها واقعی بود؟ کسی چه می‌داند؟ شاید هم ... .

الهه به من می‌گفت: «تو حق نداری جای ما تصمیم بگیری، تو باید خوب بشوی و می‌شوی». هیچ صدایم درنمی‌آمد، حتی جرأت نداشتم داد بزنم یا از خدا بپرسم چرا؟ شاید بدتر از این هم اتفاق می‌افتاد.

همیشه از جلوی بیمارستان نمازی رد می‌شدم؛ اما هیچ وقت به آنجا نرفته بودم. وارد بیمارستان شدم، فضای سبزی بود و وسعت زیادی داشت. قیافه‌های همه مضطرب و گریان

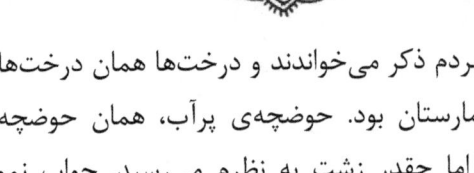

بود. بیشتر مردم ذکر می‌خواندند و درخت‌ها همان درخت‌های
خارج از بیمارستان بود. حوضچه‌ی پرآب، همان حوضچه‌ی
نمازی بود؛ اما چقدر زشت به نظرم می‌رسید. جواب نمونه
برداری مثبت بود. خانواده‌ام برای جان من تلاش می‌کردند،
پس من هم باید کاری می‌کردم. هیچ کس از شنیدن خبر
بیماری من خوشحال نشد، خدا را شکر فهمیدم که کسی را
ناراحت نکردم.و در آن روزهای جهنمی دوستانم ،فرشتگانی از
جانب خدا، بهشتی کوچک برایم ساختند تا بتوانم شرایط را
تحمل کنم.

نمی‌دانم جسم ما را می‌سازد یا روح. جسمم را باید قوی کنم
یا روحم را؟ به ظاهر جسمم قوی نبود، جثه‌ای ظریف با وزن

پنجاه و دو کیلو. یعنی من می‌توانم تحمل کنم؟ می‌توانم قوی باشم؟ می‌توانم زیبایی را نبینم و چشمم را به روی آن چیزهایی که یک شبه از من می‌خواست گرفته شود ببندم؟

چقدر کار داشتم و چقدر کار می‌کردم؛ اما بعضی کارها را اصلا نکرده بودم. هیچ وقت بی‌خیال در خیابان‌ها پرسه نزده بودم، هیچ وقت الکی نخندیده بودم. هر وقت از خدا چیزی می‌خواستم نماز می‌خواندم و دعا می‌کردم. هیچ وقت بیکار در پارک ننشسته بودم. آیا راه زندگی‌ام را بد انتخاب کرده بودم؟ باید چکار می‌کردم؟

تا حالا فکر نمی‌کردم که اعضای بدن انسان این‌قدر قرینه آفریده شده باشد و از دست دادن هر کدام از این جفت‌ها

## روزی که بیدار شدم

سخت باشد. ما از هر اندامی دو تا داریم؛ ولی به هر دو نیاز داریم، حتی اندام‌هایی که زمانی به درد می‌خورد و دیگر هرگز لازمش نداریم.

جلسه‌ی اول شیمی درمانی زود رسید. یک کیسه‌ی بزرگ پر از دارو دارد، چقدر هم این داروها گران هستند! باید در کار سلول‌ها دخالت می‌کردیم. کاش می‌شد که فقط در کار سلول‌های سرطانی دخالت کنیم؛ اما نمی‌شود، چاره‌ای نیست، باید رشد همه را متوقف کنیم.

شیمی درمانی پنج ساعت طول کشید. خانم پرستار چه مهربان و خون گرم بود! با مریض کار کردن روحیه‌ای قوی می‌خواهد. خدا به همه‌شان قوت بدهد.

۲۲

## فصل اول: پاییز

خدا را شکر باز هم به خانه برگشتم، باز هم آریا در را برایم باز کرد و باز هم لبخند معصومانه‌ی او را دیدم. چند روزی بود که نمی‌توانستم فرزندم را بغل کنم. می‌گذرد. خدا را شکر که هنوز زنده‌ام. پس از چند روز او را می‌بوسم. به این امید روزها را سپری می‌کنم.   و دوستم الهه چند کتاب به من داد که مطالعه کنم. روزی چند خط از آن‌ها را می‌خواندم.

داروها را همانند نیروهای کمکی در نظر گرفتم که باید به جنگ ریشه‌های نادرست می‌رفتند. به آنها کمک می‌کنم، به آنها روحیه می‌دهم، سعی می‌کنم بدنم را کنترل کنم و فکرم را به سمت روشنایی‌ها و نور جهت دهم. هنوز زنده‌ام، هنوز خودم غذا می‌خورم، هنوز می‌بینم، هنوز می‌شنوم، چای دم

## روزی که بیدار شدم

می‌کنم و بقیه را صدا می‌زنم. خوشحالم که برای آریا تغذیه می‌گذارم که روانه‌ی مدرسه شود.

چیزهایی را به طور موقت از من گرفته‌اند؛ اما باز می‌گردند. من به لطف خدا امیدوارم، خدایی که صبرش کم است و لطفش زیاد، دوباره به من می‌دهد. مطمئنم، مطمئنم، مطمئنم.

در بالکن گل رز کوچکی بود که چندین شاخه‌ی کوتاه از او بجا مانده بود. زیر آن شاخه‌ها چند برگ کوچک جوانه زده بود. من هم جوانه می‌زنم. می‌دانم فصل پاییز است؛ اما فرق ندارد، تمام انرژی افراد را جمع می‌کنم، دوستانم برایم دعا

## فصل اول: پاییز

می‌کنند و انرژی آنها به من می‌رسد. من هم جوانه می‌زنم، مطمئنم، مطمئنم، مطمئن.

پس از شیمی درمانی جلسه‌ی اول، کم کم اثر داروها ظاهر شد. روزها طولانی و دردناک و شب‌ها پایان ناپذیر و سیاه شده بودند. تمام شب را ذکر یا الله می‌گفتم؛ اما به پایان نمی‌رسید. پا به پای خدا بیدار بودم. گاهی ستاره‌ها را، گاهی دردها را، گاهی شادی‌ها را و گاهی لحظه ها را می‌شمردم تا به صبح برسم.

تمام بدنم درد می‌کرد، نمی‌دانم کجایش؛ اما تمامش، سرم، پایم، دستم، کمرم و .... درد می‌کرد. دهانم تا نزدیک حلقم تاول زده بود تا جایی که حتی نمی‌توانستم آب دهانم را قورت دهم. برای هر دردی دوایی پیدا کردم؛ برای آفت دهان، چای

## روزی که بیدار شدم

کیسه‌ای را چند دقیقه در آب گذاشتم، سپس آن را از آب بیرون آورده و برای ساعتی در فریز گذاشتم و سپس آن را در دهانم می گذاشتم.و چقدر اندام در بدن آدمی نهفته است که نمی داند، همه با هم کار می کنند اما معلوم نیست، و عجب خلقتی است این آدم.

روزهایم پر از اندوه بود. هرگز از خدا گله نکردم؛ **چون مطمئن بودم به من کمک می‌کند.** چرا نگفتم؛ چون در مقامی نیستم و نبودم که از او دلیل بخواهم. پذیرفته‌بودم؛ اما انتظار کمک داشتم. گاهی که نیروی دعای دوستانم به من می‌رسید، در حین خستگی، احساس آرامش می‌کردم و گاهی نیز به آخر خط می‌رسیدم. تا اینکه در خدمت خودم ایستادم.

## فصل اول: پاییز

**فکرکردم که من کسی دیگر هستم که باید از خودم مراقبت کنم.**

سال‌ها برای دیگران زندگی کردم، نه برای خودم. برای اینکه به فرزندم رسیدگی کنم، برای این که سرکار بروم، برای اینکه به دانشجویان کمک کنم، بنویسم و چاپ کنم و برای اینکه غصه‌ی مادر از دست رفته‌ام به خاطر این بیماری را بخورم؛ اما برای خودم نبودم. بارها و بارها فکر کردم که حق ما نبود از یک چیز بد دوباره به ما داده شود.

هر روز یک لیوان آب هویج، کمی سیب رنده شده و کمی آب انار سی‌خوردم. با زحمت غذا درست می‌کردم که خوشمزه هم نبود و کمی از آن می‌خوردم. غذاهای بیرون برایم تند و شور بود.

## روزی که بیدار شدم

بدنم میدان جنگ بود و من هر لحظه این جنگ را حس می‌کردم. گاهی تب داشتم و گاهی لرز، گاهی در آسمان بودم، گاه در عمق زمین. افراد زیادی با من تماس می‌گرفتند و هر کس اظهار نظر می‌کرد. صحبت کردن با مریض آدابی دارد که همه نمی‌دانند. مریض دل شکسته است، مریض بیمار است. در ابتدا همه را می‌شنیدم و دچار دلهره، ترس، ناامیدی و امید می‌شدم. هر کس از دوست و فامیل خودش مثال می‌آورد. برای اینکه این فرمانده دچار تردید نشود، تصمیم **گرفتم فقط سخن کسانی را که پیام‌آور صلح و دوستی و آرامش هستند بشنوم.** اگر نتوانستم پاسخگوی تماس‌های تلفنی همه‌ی دوستان باشم، از آنها عذر می‌خواهم.

## فصل اول: پاییز

گاهی خواب بودم، گاهی نیمه هشیار و گاهی در شنیدن پند و نصحیت دیگران بی‌حوصله بودم؛ ولی همیشه دعا می‌کردم که دیگران سالم و خوش باشند. خوبی این دنیا این است که می‌گذرد، نه غمش پایدار است و نه شادی‌اش.

از پنجره سر و صدایی می‌شنوم، سر شاخه‌ی درختان را می‌برند، برای آنکه در بهار دوباره برویند.

کاش این داروها هشیار بودند و تشخیص می‌دادند که سلول ناخلف کدام است. باید همه چیز را خراب کنند تا خراب خراب

## روزی که بیدار شدم

شود؛ حتی سلول‌های غصه خوردنم را هم از بین برده‌اند، دیگر نمی‌توانم غصه بخورم و هر دم از این باغ بری می‌رسد.

روزی از سفیدی مو نگران بودم، حال موهایم مانند برگ پاییزی تمام فضا را پر کرده بود و دیگر جرأت نداشتم شانه به موهایم بزنم. چقدر نعمت، چقدر جزئیات و چقدر تغییرات و چه اصرار کودکانه‌ای بود کوتاه نکردن مو!

گروهی که الهه در آن عضو است، اولین شعارش این بود: **«برو موهایت را کوتاه کن، پسرانه!»** و من دلخوش، فقط کمی آن را کوتاه کردم و برای بار دوم مدلی کوتاه‌تر انتخاب کردم؛ اما هیچ گاه معلوم نشد؛ چون طی سه یا چهار روز تمام موهایم از دست رفت.

## فصل اول: پاییز

امروز باید بروم و کلاه گیس زیبایی بخرم. دیگر نگران نـوع شامپو یا رنگ نیستم. حتما مو هم جزء تعلقات زندگی اسـت که در حج نیز باید از بین برود و به قول شکسپیر:

«Every fair from fair sometimes decline».

واز آن پس سعی کردم که به طبیعت نزدیک‌تر شوم. از خورشید گرما گرفتم، از زمین نیرو، از شب سکوت، از ستاره روشنایی، از ابرها حرکت و از خورشید گرما.

**و من تسلیم شدم؛ اما نه تسلیم بیماری**، تسلیم شدم که بجنگم با بیماری. برای نوبت دوم شیمی‌درمانی با خوشحالی بیشتری رفتم. می‌خواستم از داروها به عنوان نیروی کمکی کمک بگیرم. سربازانی که باید به جنگ بیماری بیایند و من آنها را فرماندهی کنم. با تجربه‌ی قبلی، برای خودم عرقیات خنک

مانند کاسنی و خاکشیر تهیه کردم. غذای سبکی خوردم و به بیمارستان رفتم، حالا دیگر به لطف خدا امیدوارتر بودم.

شب دوباره بازگشتم و الهه، دوست خوبم، دوباره در زد و با سینی پر از غذا، مانند دفعه‌ی اول از من پذیرایی کرد.

این روزها برای خودم اصلا دعا نمی‌کنم. به فکر خودم نیستم و همه‌اش دیگران را دعا می‌کنم. پرستاران مهربان را که با خوش رفتاری به من تزریق می‌کنند، همسرم را که مرا تحمل می‌کند، فرزندم را که حق بوسیدنش در زمان شیمی‌درمانی ندارم، دوستانم را که با کلام، پیام، پیامک و از طریق وایبر و هر راهی مرا یاد می‌کنند و الهه که فرشته‌ای است که در آپارتمان

## فصل اول: پاییز

ما. خداوند همه را سلامت بدارد و روز بد از همه‌ی آنها دور باشد.

زمان چه تند تند می‌گذرد. بیشتر اوقات خسته‌ام. گاهی شاد و گاهی غمگینم. طبق همیشه پدرم به دیدنم آمد، در را باز کردم. موهایش را برای همدردی با من تراشیده بود و می‌گفت:« استاد سلمانی به اشتباه آن را تا آخر زده است». اشک در چشمانم حلقه بست؛ اما خودم را کنترل کردم. کاش این کار را نمی‌کرد، تازه برای موهای نازک و سفیدش شانه‌ای خریده بودم. خدا کند در این پاییز سرما نخورد. او همیشه پدر بوده است و مادرم همیشه مادر.

۳۳

## روزی که بیدار شدم

من دیگر برایم مهم نیست که شانه‌ام از کار افتاده است، برایم مهم نیست که تار مویی بر زمین نمی‌ریزد و تمام شامپوهایم اضاف آمده است.

«دست‌هایم را در باغچه می‌کارم، سبز خواهد شد. می‌دانم، می‌دانم، می‌دانم». (فروغ فرخزاد)

❈❈❈

زمستان سختی در پیش است! روز بعد پدرم سرمای سختی خورد. صبح جمعه اشک از چشمانم سرازیر بود، بی‌اختیار می‌گریستم. حال چه کاری از دست من بر می‌آمد؟ بغض چند

## فصل اول: پاییز

ماهه امان نمی‌داد. به کل جسم و روحم ضعیف شده بود و با هر تلنگری می شکستم. زود خسته می‌شدم و زود گریه‌ام می‌گرفت.

پسرم آریا دیگر ساکت بود و من مدتی بود که نخندیده بودم. خنده نعمت بزرگی است. خدایا شکرت به خاطر همه‌ی نعمت‌هایت. روزهای خوبم برگرد.

آزمایش‌های مکرر نشان می‌داد که افت پلاکت داشتم و پرستار مهربان هر روز به من پلاکت تزریق می‌کرد. این پرستار مانند فرشته‌ها است دستش نرم است و درد سوزن را کم می کند. خداوند به او طول عمر دهد.

## روزی که بیدار شدم

عصر همان روز خبر رسید که مرتضی پاشایی، خوانندهی معروف پاپ، متولد ۱۳۶۳ بر اثر بیماری سرطان درگذشته است، روحش شاد.

چه زود! آشنایی قبلی با این خواننده نداشتم؛ اما تنها صدا است که میماند. در کلیپی دیده بودم که خوانندهای با کلاه لبهدار میخواند. حالا میفهمم، من هم کلاه بافت قرمزی مانند او خریده بودم.

نامردی است این سرطان ، تنها چند سلول اضافه است؛ اما زورش زیاد است. فکرهـای زیـادی به من هـجوم آورد و عصـر جمعه برایم دلگیرتر از همیشه شد.

۳۶

## فصل اول: پاییز

الهه، همسایه و دوست عزیزم، هر روز به من سر می‌زند و اگر یک روز نتواند بیاید عذرخواهی می‌کند. خیلی عجیب است! هنوز هم انسان‌ها و دوست‌های خوبی وجود دارند که مرا شاد کنند. از او و همه متشکرم. خداوند هیچ گاه مرا تنها نگذاشته است. خدایا ممنونم

روح انسان

شبیه آب است

از آسمان جاری می شود

و باید دوباره به زمین سرازیر شود.

در تیغه‌ی جاودانه

«گوته»

## روزی که بیدار شدم

چیزهایی را از دست داده‌ام؛ اما می‌دانم خداوند آن‌ها را دوباره به من باز می‌گرداند. در عوض چیزهای بهتری به من عطا کرده است، دوستانی که نمی‌دانستم این‌قدر دوست هستند.

پریسا، همکار خوبم، روزی به دیدنم آمد و شیشه‌ای آب انار به سرخی عشق برایم آورد. به او گفتم: موهایم را از دست داده‌ام و چه زیبا بود لحظه‌ای که گفت: آزاده بدون مو هم زیباست!

دوست دیگرم رخشان، شبی تماس گرفت و گفت: فردا نهار مهمان من هستی. نمی‌دانم چه غذایی داشت تهیه می‌کرد؛ اما خوشحالم، فهمیده‌ام که افراد زیادی مرا دوست دارند و اگر پیش از این، درک می‌کردم، هرگز بیمار نمی‌شدم و یاد گرفتم اینگونه می‌شود در زندگی دیگران موثر بود.

## فصل اول: پاییز

‫\*\*\*‬

خدایا خودم را به خودت می‌سپارم. برای عمل آماده شدم. الهه گفت:« با این فکر بیهوش شو که وقتی چشمانت را باز می‌کنی همه چیز تمام شده است. آرام چشمانت را باز می‌کنی، بی دلهره، بی دردسر».

برادرم یک هفته روزه گرفت. همه چیز را باید ترک کنم؛ اما برمی‌گردم. آریا گفت:« به امید دیدار». به او نگفته بودم، اما فکر می‌کنم می‌داند.

باران رحمت الهی می‌بارید و برگ‌های زرد تمام مسیر را پر کرده بود. از همان مسیر رفتم و خدا را هزار مرتبه شکر، از

## روزی که بیدار شدم

همان مسیر نیز بازگشتم. به هوش آمدم، فاصله‌ی مرگ و زندگی یک نقطه است. دوباره چشمانم می‌دید، دوباره رنگ صبح را دیدم، دوباره زیر باران رفتم و شب تا صبح رعد و برق فضای اتاق بیمارستان را پر کرده بود. نیمه‌های شب آسمان صاف شد. دوباره ستاره‌ها را دیدم، یکی یکی، دور و نزدیک، ریز و درشت. و مامان فخری و عمو عباس از راه دور آمدند تا درد عمل را کم کنند. همراهی آنان کمک بزرگی بود.

پیش‌تر جان بی‌جسم بودم و اکنون جسم بی‌جان. حس می‌کنم نیرویم از بین رفته است. از صبح می‌ترسم، از شب هراس دارم. کی به زندگی عادی باز می‌گردم؟

و با رفتن مامان فخری خداوند مرا به خودم وانگذاشت،

۴۰

## فصل اول: پاییز

فرشتگانی را امر فرمود که هر روز برای من غذایی تهیه کنند و به دیدن من بیایند. هیچ گاه یخچال من از غذا خالی نشد. پر بود از همه چیز. خدا را سپاس.

خسته هستم؛ اما شاد. به ذهنم چیزی نمی‌رسد. از هیاهوی دنیا کنار آمده‌ام و درگیر دم و بازدم هستم. دستم درد می‌کند و نمی‌توانم بنویسم. از مرور روزهای گذشته می‌ترسم. خدا کند این روزها بر نگردد. الهه گفت: نگران نباش کدامین روزاست که تاکنون برگشته ! و به طور موقت برایم کتاب نیاورد تا مطالعه کنم وگفت:« آرام باش، تا آرامش بگیری». و باز هر روز به دیدنم آمد.

## روزی که بیدار شدم

شب‌ها ستاره‌ی ملاقه‌ای را در آسمان می‌دیدم و روزها تشعشع آفتاب. سهم من از زندگی این است، این پنجره‌ای که آویختن پرده‌ای، آن را از من جدا می‌کند. همین هم کافی است. خدایا به خاطر جسم و جان دوباره که به من عطا کردی متشکرم.

دوباره گوشواره‌هایم را پوشیدم. اینجا آهنگ زندگی مدتی کند است. مسولیتی ندارم، فعالیت اجتماعی موقتا تعطیل است. فکرم ساکت است و سعی می‌کنم نه به گذشته و نه به آینده فکر کنم. در حال زندگی می‌کنم. امروز، امروز، امروز؛ نه فردایی و نه دیروزی.

امروز روند شیمی درمانی و درمان ادامه دارد، با عوارض خودش. سختی در بلع، حالت تهوع، نگرانی و گاهی درد؛ اما

## فصل اول: پاییز

هنوز آفتاب را می‌بینم. هنوز هر روز به حمام می‌روم و چه حس خوبی است که زیر آب خودت، خودت را بشویی و محتاج هیچ کس نباشی.

چند روز است که مدام تب دارم، بالای سی و هشت درجه. دکتر دستور بستری شدن در بیمارستان را نوشت. عجب مرد با ایمانی است این دکتر! مدام در بیمارستان بیماران را ویزیت می‌کند. خداوند به او قوت دهد. دوباره به بیمارستان رفتم؛ اما خدا را شکر پس از چند ساعت به خانه آمدم، خانه خوب است.

در این هفته، دو بار آزمایش خون دادم و چهار بار تزریق داشتم. دست سالم باید جور دست معیوب را بکشد.

## روزی که بیدار شدم

گلبول‌های سفید افت شدیدی داشتند و خطر عفونت بیشتر می‌شد.

آریا را به خانه‌ی پدربزرگ فرستادم. شب تا صبح تب و لرز مرا رها نکرد. آقای فخار، شوهر لیلا خانم دوست قدیمی‌ام، از کربلا بازگشت و برایم پارچه‌ی سبز تبرک شده‌ای آورده بود. پارچه را به دستم بستم، ماه محرم و صفر است. یا امام حسین(ع)!

لحظه‌ها به سختی و کندی می‌گذرد؛ ولی می‌گذرد. صبح با تمام سختی شب رسید و چشمانم را دوباره باز کردم. از پنجره کلاغ ها را دیدم که دسته دسته می‌گذرند. هوا نیمه ابری است. خدا را شکر، باز هم می بینم که این روزها می‌گذرد.

## فصل اول: پاییز

امروز جمعه است. بی اختیار اشک می‌ریزم، پهنای صورتم از بین رفته و رنگم به سفیدی مهتاب شده است. از دیدن خودم در آینه می‌ترسم و هنگام مسواک زدن چشمانم را می‌بندم. دیگر دعا نمی‌کنم. اگر خداوند از حال بندگانش خبر دارد، نیازی به این صدای بی‌رمق ندارد. اصلا شاید صدایم به گوشش نرسد. از خانه‌ی ما شادی پر کشیده است. حتما می‌بیند، نیازی نیست برایش توضیح دهم. اگر او خبر دارد، چرا باید توضیح داد؟ نمی‌دانم چگونه می‌خندیدم. انرژی لازم برای نفس کشیدن هم ندارم، بسیار بی‌رمق شده‌ام. همه در اطرافم تلاش می‌کنند که مرا نجات دهند. آیا خداوند برای نجات من کاری نمی‌کند؟

## روزی که بیدار شدم

شب شد، با تمام سختی‌های روز، ساعت ده و نیم رفتم که با گریه بخوابم. زنگ در به صدا درآمد و همکارم نجمه بود، پنج نوع غذا به مقدار زیاد آورده بود.

در قرآن خوانده بودم که خداوند از آسمان غذای الهی می‌فرستد: خرما و نان. برای من هم دوباره فرستاد؛ اما نه خرما، پنج نوع غذای متنوع. از شادی گریه کردم و خداوند نگذاشت که با غصه بخوابم.

چندین ماه است که حقوقی دریافت نکرده‌ام. چه نعمتی بود که هر ماه کار می‌کردم و مزد می‌گرفتم! خرج می‌کنم؛ اما دریافتی ندارم. عمو سهیل عزیز همیشه حامی بوده است. چه در سلامت و چه در کسالت.

## فصل اول: پاییز

این روزها بی‌آنکه آرزو کنم به من می‌رسد؛ نذری فراوان و دعای بسیار. ماه خیرات است و دست دعا بالا.

زندگی هنوز هم بدون من یا با من جریان دارد. امروز بیست و پنج آذر است و دوستم به من خبر داد که پژوهشگر برتر دانشگاه شده‌ام. از تب جانم گرم بود و می‌سوختم. لبخندی زدم و بی‌تفاوت گذشتم. حالم بسیار بد بود و مفهوم آن را نمی‌فهمیدم. شاید چند روز بعد که بهتر شدم لذت شیرینی آن را حس کنم. اکنون در گیر و دار تلاش برای زندگی هستم. می‌جنگم، در میدان جنگم و می‌دانم که پیروز می‌شوم. دست خدا با من است.

# فصل دوم: زمستان

## روزی که بیدار شدم

آ آخرین روز پاییز است و شب یلدا. خانه‌ی ما سوت و کور است، نه میهمانی آمده و نه به میهمانی رفته‌ایم. هندوانه و انار در بالکن گوشه‌ای افتاده است، کسی حوصله ندارد که آن‌ها را به خانه دعوت کند. تمام روز را خوابیده‌ام، پاییز هم گذشت تا بهار راهی نمانده است.

کمی حالم بهتر شده است و می‌توانم به چیزهای دیگری غیر از تنفس و حیات فکر کنم. از دیدن دوستان خوشحال می‌شوم و از شنیدن صدای پیغام آن‌ها دلگرم می‌شوم. هر صبح زندگی دوباره‌ای است که به من اهدا می‌شود. شب‌ها را با تشکر از خدا به پایان می‌برم و روز را با یاد او. از سرمای زمستان بدم نمی‌آید. می‌دانم که این روز تکرار نشدنی است.

## فصل دوم: زمستان

بر روی برگ‌های پاییزی باقی مانده قدم می‌گذارم و صدای خش‌خش و له شدن برگ‌های زرد را حس می‌کنم.

صبح‌ها آریا را با ناز از خواب بیدار می‌کنم. امروز تکرار نمی‌شود. شاید من دیگر در کنارش نباشم و یا مثل روزهای گذشته باشم و نباشم یعنی نتوانم که باشم. از وجود هم لذت می‌بریم. چه خوب است که آریا را دارم و به مدرسه می‌رود! چه خوب است که عصر منتظرم آریا و همسرم از مدرسه و کار برگردند! منتظرم که عصر پدرم به ملاقاتم بیاید و برایم از گذشته و ماجراهای روز تعریف کند.

چه خوب است که در این سرما خانه‌ای دارم، دور آن اتاقی گرم و بالشی که آن را با تخت سلطان هم عوض نمی‌کنم. چه

## روزی که بیدار شدم

خوب است که شب‌ها می‌خوابم و درد ندارم! چه خوب است که صبح صبحانه درست می‌کنم و خودم هم می‌خورم! چه خوب است که در فکر پختن نهار هستم و در ذهنم جستجو می‌کنم که افراد خانواده چه چیزی را بیشتر دوست دارند!

به طور موقت سر کار نمی‌روم؛ اما می‌دانم که خوب است به امیدی بیرون رفتن. آریا که از مدرسه بازگشت، برایم زیباست که با دستان کثیف دست به غذا بزند و جورابش را در هوا بچرخاند و به جایی بیاندازد. از کارهای بچه‌گانه‌اش لذت می‌برم و دیگر نمی‌خواهم که او را بزرگ ببینم. این روزها می توانست نباشد.

نه روزها هستند و من می‌توانستم نباشم، یا باشم و نباشم. چه زیباست که به آریا دیکته بگویم و او بنویسد و غلط هم

۵۲

## فصل دوم: زمستان

داشته باشد! دیگر نمره‌ی بیست نمی‌خواهم. غلط‌های املایی آریا برایم زیباتر است. کثیفی ماشین‌مان زیبا است. او هست، ماشین هست، گرد و خاک روی ماشین آن را زیبا می‌کند. این روزها می‌توانستم که نباشم.

چه زیبا است که در آینه به خودم نگاه می‌کنم و به این امید هستم که موهایم دوباره رشد می‌کند! چه زیبا است که دست راستم تکان می‌خورد و می‌توانم بنویسم! یک ماه از عمل گذشته است، هنوز جای عملم خوب نشده است و دردهای جسمم وجود دارد؛ اما کمتر شده است. چه زیبا است که می‌توانم بنویسم زندگی زیبا است!

## روزی که بیدار شدم

چندین بار شیمی درمانی و شیمی درمانی حـال مـرا بـد می‌کند. بسیار بد. دیگر نگران از دست دادن چیزی نیستم، دوست دارم چیزی به دست آورم. روی تخت بیمارستان برای همه‌ی بیماران دعا می‌کنم. خدا کند بیمارستان‌ها خالی شود.

دوباره شیمی درمانی و دوباره خاله نیکو، الهه و پریسا و رخشان و فرنگیس به دادم رسیدند. یخچال ما همیشه از غذاهای متنوع و خوشمزه پر است. نمی‌دانم به چه انگیزه‌ای این کار را می‌کنند. دوستان بسیار به من لطف دارند؛ وگرنه در این دوره و زمانه کسی به کسی نیست.

خواب راحت از چشمانم ربوده شده است. شب تا صبح صدها بار بیدار می‌شوم. در جایی خواندم که آیت الله بهجت می‌گفتند:

## فصل دوم: زمستان

«هر وقت نیمه شب، بی‌اختیار بیدار شدید، سریع نخوابید؛ چون ملکی به اذن خداوند شما را بیدار کرده تا با خدا هم صبحت شوی. اگر خیلی برایت سخته بیدار شدن، لاقل بلند شو و بهشون سلام کن، بعد دوباره بخواب».

برای من سخت نیست و با آنان صحبت می‌کنم، نه فقط سلام، رابطه‌ی من با ملک خداوند نزدیک است.

باز هم شیمی درمانی و تخت بیمارستان از مریض پر می‌شود و خالی می‌شود. به عمق جامعه آمده‌ام. از پیرمرد عشایری که سرطان خون گرفته است و پیرزنی که همراهش را صدا می‌کنند؛ اما کسی با او نیست دور نیستم. از کسی که پیوند مغز استخوان گرفته و همراهانش کنار بیمارستان چادر

## روزی که بیدار شدم

زده‌اند و هشتاد روز در بیمارستان بستری بوده است دور نیستم. دور نیستم از جوانی که می‌خواسته به خواستگاری برود؛ اما بیماری امانش نداده است. دور نیستم از بیماری که هزینه‌ی درمانش را ندارد. همه‌ی ما همدرد هستیم. خدا را شکر که درد مرا بیشتر نکرد و می‌توانست.

هنوز دارم می‌جنگم. اصطلاح جنگ را برای مبارزه با بیماری به کار می‌برم و باز رخشان سبدش را از غذاهای رنگارنگ پر کرد: فسنجان، ته‌چین، سوپ و دسرهای خوشرنگ و باز پریسا به یادم بود و برایم بلدرچین درست کرد. این دو یار هنوز پا به پای من ایستاده‌اند. نمی‌دانم چرا؛ اما خداوند آنها را موظف کرده است تا از من پذیرایی کنند. خدا کند که هیچ گاه اینگونه برایشان جبران نکنم.

## فصل دوم: زمستان

گل‌های شمعدانی در این سوز سرما ایستاده‌اند. سرگردانم، همه مرا به صبر دعوت می‌کنند. چاره‌ی دیگری هست؟ برای خودم ادکلنی جدید خریدم تا بوی زندگی را عوض کنم. می‌توانم، می‌شود.

و الهه معتقد است صبر با صبر فرق دارد. من صبر می‌کنم تا بهتر شوم و او در غم شوهر از دست رفته‌اش صبر می‌کند؛ اما بهتر نمی‌شود و ما هر دو در غم از دست دادن مادران مرحوم‌مان صبر می‌کنیم.

❊❊❊

## روزی که بیدار شدم

دو فصل می‌گذرد. بهمن ماه است. روزها و شب‌های سختی بر من می‌گذرد. عمل و شیمی درمانی‌های متعدد و تزریق هر بار گلبول سفید امانم را بریده است. زبانم خشک و دهانم درد می‌کند. نمی‌دانم چگونه بخوابم و چه بخورم. زندگی کردن از یادم رفته است. ایمانم ضعیف شده است و امیدی به بهبودی کامل ندارم.

نمی‌دانم از خدا چه بخواهم، چگونه بخواهم و برای که بخواهم. زهرا گفت: «درد و مشکلات مانند فواره است و تا حدی اوج می‌گیرد». فواره‌ی من اکنون در اوج است و بیشتر نمی‌شود. زهرا برایم برگه به و لواشک خانگی فرستاد. نمی‌دانم، به چیزهای الکی دلخوشم. به دنبال آرامشم، خدایا عطا کن.

## فصل دوم: زمستان

دهم بهمن است و بار دیگر سال‌روز تولدم را با خانواده جشن می‌گیرم. می‌توانستم امروز نباشم یا باشم؛ اما نباشم. امسال برای من جان دادند، انتظار هدیه ندارم.

دیشب پس از مدت‌ها دوباره خواب دیدم. خواب‌هایم همیشه تعبیر دارد. خواب دیدم که خواب هستم و در خواب از آن خواب بیدار شدم و دعا می‌کردم که آنچه بر ما گذشته است خواب باشد و بیدار شوم و در آن خواب همه‌ی چیزهای خوب دوباره باز گردد و بد بگذرد.

به چیزهای ریز دقیق می‌شوم. مورچه‌ها با هم دست می‌دهند و روبوسی می‌کنند و مدام این کار را تکرار می‌کنند.

## روزی که بیدار شدم

وخداوند درد را می‌دهد،

صبر را می‌دهد

و اگر بخواهد درمان را می‌دهد.

امسال تمام زمستان باران نباریده است

و اگر بخواهد باران را می‌دهد

و اگر بخواهد.... خداوندا تو بخواه!

برف می‌بارد و همه خوشحالند. سرشاخه‌ی درختان سفید شده است و گربه‌ای بی کفش پایش یخ می‌زند تا از برف‌ها بگذرد.

و زمستانی بر من گذشت که مگو

و زمستانی بر من گذشت که مپرس

## فصل دوم: زمستان

و من حال تو را که بیماری درک می‌کنم

و خدا کند کسی حال ما را درک نکند

و او هرچه بخواهد می‌بخشد، می‌گیرد.

و خداوند اگر بخواهد می‌بارد، برف می‌بارد، رحمت می‌بارد، سنگ می‌بارد و اگر بخواهد... . و خدا را سپاس به خاطر این بیماری و هر چه داده یا نداده یا گرفته است.

نمی‌دانم بیماری سخت‌تر است یا بیمار داری. از بوی ادکلنی که خریده بودم خوشم نمی‌آید. هنوز بوی زندگی اینجا تغییر نکرده است. دوش می‌گیرم که غبار جسمم پاک شود، غبار روحم را چگونه پاک کنم؟

## روزی که بیدار شدم

***

نزدیک نوروز است و خانه تکانی و یا مقلب القلوب. من و
گلدان‌ها ایستاده‌ایم تا آخرین شیمی درمانی در آخرین
روزهای سال انجام شود. خاله نیکو تمام جلسات شیمی
درمانی مرا همراهی کرد و ساعت‌ها در بخش منتظر ماند.

پارسال گلدان کوچک لاله‌ای خریده بودم. فقط یک بار گل
داد. ساقه‌ی آن از بین رفته است و گل فروش گفت: «پیازش
را نگه دارم». منتظرم امسال از گلدان خشک پارسال گل لاله
بروید.

یادم می آید وقتی کوچک بودم عروسک زیبا و محکمی
داشتم و من به زور موهای او را کنده بودم. عروسکم زشت‌تر

شده بود. مدتی بعد موهایش را چیدم و باز دست بردار نبودم. تک تک مژه‌ها و ابروهایش را هم کندم. حال من مانند همان عروسک شده‌ام؛ اما نگران تک تک تارهای مژه‌ا!

باز یادم می‌آید وقتی کوچک بودم و به دبستان می‌رفتم به همه چیز می‌خندیدم. دوستی داشتم که نمی‌دانم حالا کجا است؛ یادش به خیر اما یادم می‌آید که مادر بزرگی داشت و می‌گفت: «مادربزرگم از شنیدن و دیدن هر چیزی به گریه می‌افتد». حالا او را درک می‌کنم. سال‌ها گذشته است؛ اما می‌فهمم چرا مادربزرگ دوستم به سادگی خندیدن ما گریه می کرد.

"سر دوار دردهای کهنه یافت "

## روزی که بیدار شدم

وآدمی آن چنان که ادعا می‌کند قوی نیست و آنچنان که با غرور بر روی زمین راه می‌رود قدرتمند نیست. خداوند در یک لحظه همه چیز را می‌گیرد و در یک لحظه همه چیز را می‌بخشد.

و در آخرین ساعات از آخرین روزهای زمستان حرفی ندارم که بگویم جز اشک. اشک شوق، اشک شادی، اشک حسرت، اشک غم، اشک تشکر و ... . باشد که کائنات سال آینده را برای همه بهترین قرار دهد.

همه برایم آروزی سلامتی کردند و سال نو شد بی‌آنکه کسی پای سفره‌ی هفت سین بنشیند. سال برای سبزه و سمنو و ماهی و ... نو شد. من که بیدار شدم سال نو بود.

## فصل دوم: زمستان

از خداوند خواستم که غم‌هایم را در همان سال گذشته از من بگیرد و کوله باری سبک به من عطا کند تا توانایی بر دوش کشیدن آن را داشته باشم.

و باز یادم می‌آید وقتی کودک بودم، هر سال مادرم شب عید با پوست پیاز برای من و برادرم تخم مرغ رنگی می‌پخت و صبح اولین روز سال نو صبحانه ما تخم مرغ رنگی سال گذشته بود. تازه یادم آمد که امسال برای پسرم آریا تخم مرغ رنگ نکرده‌ام و او گفت: «ناراحت نباش مادر، تخم مرغ با سین شروع نمی‌شود حتی در آن حرف سین هم وجود ندارد، پس هنوز سفره هفت سین ما کامل است».

این اشعار از مهدی اخوان ثالث در نظرم مرور شد:

## روزی که بیدار شدم

عید آمد و ما خانه‌ی خود را نتکاندیم

گردی نستردیم و غباری نستاندیم

دیدیم که در کسوت بخت آمده نوروز

از بی‌دلی آن را ز در خانه براندیم

هر جا گذری غلغله‌ی شادی و شور است

ما آتش اندوه به آبی ننشاندیم

آفاق پر از پیک و پیام است؛ ولی ما

پیکی ندواندیم و پیامی نرساندیم

احباب کهن را نه یکی نامه بدادیم

و اصحاب جوان را نه یکی بوسه ستاندیم

من دانم و غمگین دلت ای خسته کبوتر!

## فصل دوم: زمستان

سـالی سـپری گشـت و تـرا مـا نپرانـدیم
صد قافلـه رفتنـد و بـه مقصـود رسـیدند
مـا ایـن خـرک لنـگ ز جـویی نجهانـدیم
ماننـد افسـون زدگـان ره بـه حقیقـت
بستیم و جـز افسـانه‌ی بیهـوده نخوانـدیم
از نــه خــم گـردون بگذشــتند حریفــان
مسکین من و دل در خم یک زاویه ماندیم
طوفـان بتکانـد مگـر امیـد کـه صـد بـار
عیـد آمـد و مـا خانـه خـود را نتکانـدیم

۶۷

# فصل سوم: بهار

## روزی که بیدار شدم

هـ هر سال برای دیدن فامیل همسرم به شمال می‌رفتیم. چند روز بعد، کمی که حالم بهتر شد، برای اینکه معنای سفر را دوباره زنده کنیم به یکی از هتل‌های شیراز رفتیم و اتاقی سه تخته کرایه کردیم تا چند روز را در آن هتل در شهر خودمان سپری کنیم و حال و هوای سفر بگیریم. فکر کردیم که ما مسافر نوروزی شهر شیرازیم، به جاهای تاریخی و دیدنی این شهر سر می‌زدیم و خوش گذشت. از در دروازه قرآن نقشه شیراز را گرفتیم. خدایا باز هم تو را سپاس.

امروز با سبزه به دیدار مادر رفتم ؛ اما گریه هایم را که مدت‌ها در چشم‌هایم مانده بود برای او بردم. نتوانستم سرم را بر زانوهای مادرم بگذارم. امیدوارم مرا ببخشد که گریه‌هایم را

## فصل سوم: بهار

برای او برده بودم. سبزه را هدیه دادم بر سنگ قبر گذاشتم و بازگشتم. مورچه ها در اطراف پرسه می زدند.

سال ۹۴ سال همدلی و همزبانی نام گرفت. یاران و دوستان همراهم دوباره تلفنی مرا یاد کردند و به دیدنم آمدند. دوست دارم غم ها را به سال ۹۳ بسپارم و به چیزهای خوب فکر کنم. فرنگیس گفت: «کائنات می شنود».

من کی به حالت قبل باز می گردم؟ اصلا به حالت قبل باز می گردم یا روزهای رفته بر من، مرا جلا داده است یا ... نمی دانم. در انتظار روزهای بهتر و بهترم. شادی را به خانه دعوت می کنم.

وامنیت حس خوبی است.که مطمئن باش صبح برمی خیزی، بی درد، بی ورم دست و پا و چشم، بی هیچ آثاری از مصرف

دارو. مطمئن باشی صبح برمی‌خیزی و آفتاب را می‌بینی.
امنیت چیز خوبی است،که مطمئن باشی صبح برمی‌خیزی و
هنوز مژه‌هایت نریخته و دندان‌ها و موهایت صحیح و سالم
است. امنیت چیز خوبی است. که مطمئن باشی صبح بر
می‌خیزی و چهار مزه‌ی شور، تلخ، شیرینی و ترشی را حس
می‌کنی و به کارهای عادی روزانه‌ات ادامه می‌دهی . به پزشک
مراجعه نمی‌کنی و فکر می‌کنی همه چیز خوب پیش می‌رود،
حتی اگر ندانی چه در انتظارت باشد؛ اما نگران تأثیر داروهای
مصرفی نیستی و امنیت حس خوبی است.

تمام لباس‌های زمستانی را که مرا به یاد روزهای سخت
گذشته می اندازد جمع کرده‌ام.

## فصل سوم: بهار

و هنوز طعم گس شیمی درمانی با من است که پرتو درمانی شروع شد. نمی‌دانم پزشکی در خدمت مهندسی است یا برعکس. دستگاه‌های پرتو درمانی را هرگز ندیده بودم و حتی با کلمات آن آشنا نبودم. اتاق شتاب دهنده. مرا به اتاقی بردند پر از دستگاه‌های بزرگ و تختی کوچک و باریکی که هر لحظه فکر می‌کردم می‌افتم. خودم را محکم به تخت چسباندم و پزشکان می‌رفتند و می‌آمدند و من مانند مجسمه‌ای در دست آنان بودم و بر روی آن تخت باریک همه‌ی پزشکان را دعا می‌کردم.

وهمه می‌گویند علم پیشرفت کرده است. نمی‌دانم این علم کیست و کجا است و خدا یا علم است که بیماری را شفا

می‌دهد، هر دو، علم خدا، خدای علم و نمی‌دانم باز این علم چیست که پیشرفت کرده است. دوست دارم واژه‌ی سرطان را از ذهنم پاک کنم .

دوباره دکتر رمزی را دیدم. همیشه پزشکان باید بیماران را در حالت بیماری ببیند. شاید اگر او جای دیگری مرا ببنید نشناسد.

در صف‌های انتظار بیمارستان مکالمه‌ی بیماران جالب است، پر از ترس، امید، خاطرات تلخ گذشته، سختی‌های کشیده، اطرافیان و فقر. زبان شناسی ماهر می‌خواهد که این مکالمات را بررسی کند. همه دکتر متخصص شده‌اند. دیگر به بیمارستان عادت کرده‌ام.

## فصل سوم: بهار

خیلی دلم سفر می‌خواهد. به آسمان نگاه می‌کنم، ابرها در حرکتند، اکنون من ایستاده‌ام؛ اما ابرها نایستاده‌اند، پس چه من باشم و چه نباشم ابرها حرکت می‌کنند، زمین می‌چرخد. چه با حرکت ابرها حرکت کنم و چه حرکت نکنم، زمانه کار خودش را می‌کند. زمانی سوار بر ابرها، زمین زیر پایم بود و اکنون در انتظار روزهای خوب آینده‌ام، که با قدرت دوباره سوار ابرها شوم.

هر روز پرتودرمانی و هر روز در صف انتظار.حس گرمای سرخ شدن ماهی در ماهی تابه را دارم. هر روز باید این سوال‌ها را جواب دهم که جلسه‌ی چندم است و مشکل چیست و دکتر شما کیست و عوارض دارو چیست و... .

## روزی که بیدار شدم

اکثر بیماران پس از یک حادثه‌ی ناگوار به این بیماری مبتلا شده‌اند. هنوز هم باید با ضعف و خستگی و مشکلات دیگر بجنگم. هنوز هم یک مبارزم، مبارز با بیماری با یأس و ناامیدی. و هنوز باورم نمی‌شود که توت‌های سیاه و سفید زیر درخت توت جلوی خانه‌مان را پر کرده‌اند. درختی که حتی یک برگ ساده هم نداشت، چگونه این همه برگ و بار آورد؟

هنوز هم باید صبر کنم. هر روز به بخش پرتودرمانی می‌روم، بسیار خسته شده‌ام، جسمی و روحی. الهه گفت: «این هم می‌گذرد؛ ولی فرق تو با دیگران این است که رنج را تجربه کرده ای». دوست دارم چیزهای خوب را تجربه کنم، شادی را، ثروت را، غرور را؛ اما خداوند مرا خوار نساخت. باز هم ممنون.

## فصل سوم: بهار

با چشم کوچکم چیزهای عجیبی دیدم. همه در انتظار رویش موهایم هستند، به عکس‌های قدیمی نگاه می‌کنم، نه چندان قدیم، شاید یک سال پیش. چقدر فرق کرده‌ام! بزرگ‌تر شده‌ام. دوست نداشتم این تجربه‌ی تلخ را داشته باشم و به لطف پروردگار امیدوارم.

وچه حس خوبی است که گاهی بفهمی که خداوند هوایت را دارد و از جایی برایت کمک‌های جانی و مالی می فرستد که خودت در حیرت می‌مانی. این حس خوب را دوست دارم و بارها تجربه کرده‌ام؛ اما باز فراموش می‌کنم **که خدایی هست که هوایم را دارد.**

## روزی که بیدار شدم

باز تا اوج ناامیدی رفته‌ام و باز خداوند خوشحالم کرد. دانشجویان به مناسبت روز معلم برایم جشن گرفتند. کیک و شیرینی و تابلویی هدیه دادند پر از گل و این بار دانشجویان با استاد همدردی کردند و خداوند دوباره مرا عزیز کرد.

***

از صبح بی‌تابم و برای گیتا نوشتم: دلم چیزی می خواهد؛ ولی نمی دانم چیست. اوگفت: فکر کن ببین چه می‌خواهی.

و من فکر کردم . باز هم فکر کردم ؛ ولی نمی دانم چه می‌خواهم.

گیتای عزیز برایم فرستاد:

## فصل سوم: بهار

روزهای رفته سال را ورق می زنم.

چه خاطراتی که زنده نمی شوند،

چه روزها که دلم می‌خواست تا ابد تمام نشوند

و چه روزها که هر ثانیه‌اش یک سال زمان می‌برد!

چه فکرها که آرامم کرد.

و چه فکرها که روحم را ذره ذره فرسود.

چه لبخندها که بی اختیار بر لبانم نقش بست

و چه اشک ها که بی اراده از چشمانم سرازیر شد.

چه آدم ها که دلم را گرم کردند

و چه آدمها که دلم را شکستند.

چه چیزها که فکرش را نمی‌کردم و شد

و چه چیزها که فکرم را پر کرد و نشد.

چه آدم‌ها که شناختم

و چه آدم‌ها که فهمیدم هیچگاه نمی شناختمشان و چه ... .

و سهم روزهای گذشته‌ی من هم یادش به خیر می‌شود.

**کاش ارمغان روزهایی که گذشت آرامشی باشد از جنس خدا!**

**سخنی در باب تجدید چاپ کتاب**

**وقتی با خدا سخن میگویید گوشهایتان را باز کنید تا پاسخ خداوند را بشنوید.**

با حمایت شما خوانندگان عزیز کتاب به چاپ دوم رسید و باعث شد کتاب دیگری بنویسم با عنوان :

" غلبه بر سرطان با نیروی فکر و گفتار"

خط نوشته های روزهای رفته مخاطبان بی شماری را بیدار کرد.

**امید به زندگی را از دست ندهید.**

بهار ۹۵

خواننده گرامی:

چنانچه مایل به تداوم چاپ این اثر به نفع بیماران

هستید مبلغ مورد نظر خود را به شماره حساب یا

کارت زیر به نام مؤلف واریز فرمایید.

۶۰۳۷۹۹۷۱۴۴۱۵۳۹۴۸

بانک ملی: ۰۱۰۶۹۰۵۹۶۱۰۰۱